鏡像攝影

鏡像攝影

copyright © by 鏡像

鏡像攝影

copyright Ⓒ by 鏡像

鏡像攝影

禅

心

鏡花緣

鏡像詩集

鏡像 ○ 著

前 言

《隨緣的模樣》

我不是為了留名
　　也不是為了留芳
　　　　這是我一吐為快的
　　　　　　孤獨行者的心房
我心中的故事
　　雖然只是鏡像
　　　　您卻可以看見
　　　　　　我方便隨緣的模樣

情感和虛空
　　就如同色即是空
　　　　幻化空身即是法身
　　　　　　隨緣而住　真實的心相

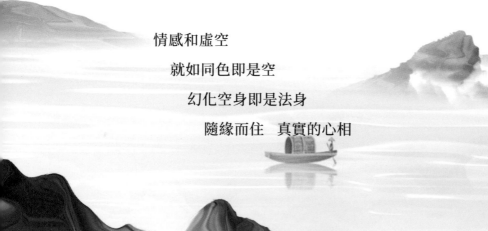

煩惱　　痛苦

菩提　　解脫

　　色不異空

　　　隨緣無礙的心

　　　　即是菩薩的名相

紅塵裡的愛戀

　　那是我塵世的模樣

雖然如同夢幻

　　是故事創作想像

　　　它隨風飄蕩

　　　　也如同風一樣

我把它寫出來

　　讓您看到

美麗花朵的芬芳

隨緣就真的是

最美麗地綻放

否則就像

耗子精的無底洞

讓您輪迴在六道境相

悟道了　修成了

色即是空　空即是色

無明實性即佛性

隨緣即覺悟的名相

我不好也不壞

隨緣變現

七彩花朵的模樣

您喜歡

就拿去吧

不喜歡

就扔向遠方

好壞的分別
　是您心的選擇
　　我都歡喜接受
　　　像隨緣的風兒飄蕩
您真的見到我
　就笑一下
　　原來如此
　　　還有修行的名相

《風》

業識的風
　是心展現的風景
喜怒哀樂
　颱風下雨
　　都是他變幻的心情

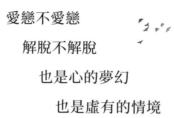

愛戀不愛戀

　解脫不解脫

　　也是心的夢幻

　　　也是虛有的情境

我只是隨緣的風

　希望這個風

　　是吉祥的風

　他能帶給您

　　　一道彩色的風景

　帶給您

　　我的吉祥祝福

　　　是那樣的真誠

《痕跡》
——願望

以前的一切
　　像蒲公英一樣
　　　　隨風飄蕩
它隨著風兒
　　落到哪裡
　　　　那是前世的播種
　　　　　　今世才走的一趟

已經過去的故事
　　像藍天裡
　　　　乘風的夢幻白傘
用筆
　　隨意地塗寫
　　　　童話般的篇章

其實

　　那是我心的軌跡

　　　用生命的色彩

　　　　把傳奇的情感宣講

過去了　　過去了

　　只是在記憶裡

　　　有一片彩色的雲航

已逝的時光啊

　　像潺潺的溪水

　　　奏出奇妙的樂章

虛空裡的泡影
　因緣生　因緣滅
　　那是
　　　情感的心漿
　　　　攪起的白色波浪

心中泛起
　感嘆的聲響
　　境相　原來就是
　　　心投射的鏡像

祝有緣人吉祥如意！
祝世界和平！

貪戀紅塵風景

花了安靜的眼睛

心只是隨著風

進入了畫境

從此　此生

隨緣　動了感情

鏡像攝影

目錄

CONTENTS

目錄

CONTENTS

目　錄

CONTENTS

目錄

CONTENTS

鏡像攝影

只見細雨濛濛

雨聲卻柔柔地叮嚀

那聲聲　　聲聲

融化了心境

思緒層層

眼前都是幻影

不知和誰柔情

和誰在塵世裡相逢

紅塵風景　眼睛

貪戀紅塵風景
花了安靜的眼睛
心只是隨著風
進入了畫境
從此　此生
隨緣　動了感情

只見細雨濛濛
雨聲卻柔柔地叮嚀
那聲聲　聲聲
融化了心境

思緒層層
眼前都是幻影
不知和誰柔情
和誰在塵世裡相逢

多情地注視了
一雙最近的美麗眼睛
我的心裡有了情境
心情纏著心情
有了兩雙眼睛
陰陽世界的紅塵風景

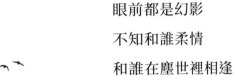

心雨濕了秋衣

風吹來一抹思緒

那是一腔心語

也是飄灑的秋雨

將心的期許

一行一行地行書

成了信箋的詩

成了記錄的印記

那是一筆一畫的心曲

一抹月光迷離

讓心兒搖曳多姿

心曲的題序

捲縮在情感的懷裡

想著成秋雨

心願的風不足

難了的深情思緒

化不成心曲的心雨

不能淅瀝地濕了秋衣

髮梢　心兒杳杳

你盤起的頭髮

也讓我的心盤繞

盤繞著你美麗的髮梢

從此　心被抓牢

不願意逍遙

只在溫馨裡停靠

時間也不知道過了多少

情境飄飄渺渺

一直到白頭到老

心在紅塵裡喧囂

情感的心念唱著歌謠

只是一動的微笑

歌曲就成了千年的古調

過了無數次的奈何橋

每一世都情緣未了

春風秋雨直到今朝

妄心情難了

輪迴裡依然魂消

只因飄香的髮梢

讓心在情執裡纏繞

時空變遷　　心兒杳杳

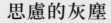

思慮的灰塵

空空的小路

彎彎曲曲

你的身影早已消失

像是一道謎語

擾動了心緒

想看到影子的本體

平添思慮幾許

一份探究的心意

迷惑地繞在自己的心室

好像有道玻璃

似乎看得見

卻看不太清楚

也過不去

只是心念可以輕撫

這思慮過去時

落下了一些灰塵

飄落到情深的潭底

成了痕跡

成了妄想的記憶

情少還是情多

堅持又能如何

一念的放下就會解脫

清清的河水

每天都從屋前流過

你說情少　還是情多

紅塵中的消磨

皆是聚散離合的生活

讓心隨境漂泊

障礙煩惱多

繼續在輪迴中沈落

那裡會有解脫

心裡的萬千思緒

不代表有漩渦

更不代表紅塵裡

放不下執著的我

慈悲大愛的心胸

才會更加遼闊

風搖曳了炊煙

微風搖曳了炊煙

撩撥了心弦

一襲的思念

開始了流連忘返

掀起了往事

曾經有的眷戀

如同朝霞浸染了你

也紅潤了你的容顏

只是那一瞬間

從此有了心念的流連

幫助紅霞染臉面

也有了連心的信箋

有了野外的炊煙

鏡花緣

夕陽親紅了牆

訴說著情長

撩了一顆心房

流下一串淚珠兒

串起的誦唱

融進了夕陽的光

濕了淡雅的衣裳

浸潤了有緣的一方

情染之上

有了飄過的暗香

情染了情長

夢幻了情感的景象

鏡像在心上

情執風雨

一襲風雨
是一首婉轉的心曲
已將心思陳跡
那是浪漫的思緒
甜蜜細膩
馨香隨風散去

山間的小溪
一曲歌謠淋漓
那是山林的序曲
最美麗的詩行絕句
情思湧動離去
那是自然的妙筆

摯情為風雨

溪流蜿蜒聲啼

天地洞悉

奔跑情思向誰訴

千萬里路雲和月

不是故里　是心裡

煩惱滄桑　香火

花開花落

又一次四季走過

輪轉的苦果

八苦的生活

心靈孤獨的我

行走在心的沙漠

宿世的因緣

今世體會因果

煩惱伴著歲月蹉跎

隨波逐流地過活

命運使人奔波

煩惱具括

身體已經老舊
像老房子一樣斑駁

滄桑雕刻的輪廓
記錄著曾經的探索
也曾經勇敢過
咬牙不退縮
可是戰勝不了
煩惱八苦的妖魔

煩心的生活
也想完全解脫
也想瀟灑不用斟酌
不用逃避　藏躲

開心　輕鬆　快活
老了　經歷了
才知道靜心地思索

跪在佛前祈求佛陀
慈悲　賜教　點撥
供養解脫的香火
祈請佛陀慈悲度我

小旋律和期許

你擦身隨風而去
卻有一股小小旋律
雖然只是一場陣雨
卻濕潤了一片思緒

難以忘卻的記憶
期盼著再相遇
那深深的心底
有亟待滋潤開放的花樹

我沒有虛幻沈溺
卻有少許的迷離
那祈禱的期許
不知何時才有真實的典禮

悟空心跡

孫行者——悟空

大鬧執著分別的天宮

想摧毀一切障礙

學習萬法緣起性空

學法斜月三星洞

菩提老祖授神功

學得奇異神通

全憑心意用功

變化形象似幻無窮

卻神凡　你我分別

想做齊天英雄

不悟有為法如夢幻皆空

心習氣　生成的面容

一切命運都在相中

任性的心猿

在紅塵裡倥傯

佔山為大王

卻在堅固的五行牢籠

生命來去匆匆

無明的心無始無終

隨業煩惱八苦心痛

隨波逐流花落紅

一氣即是天空

一氣即是無垠蒼穹

一氣是如意金箍棒

一氣也是人生枯榮

一路風起雲湧

妖魔幻象在眼瞳

好壞難辨　　離間僧眾

讓心不堅固　　難效忠

只有真誠地唸誦

嗡嘛呢叭咪哞

堅定慈悲的信心

行者的修行

才能貫徹始終

與菩薩的心語意相應相融

追隨慈悲的師父唐僧

取得解脫真經

回歸大唐向東

將智慧　　慈悲佛法傳弘

天空現通向天堂的彩虹

輪迴的我你

生生世世的輪迴裡
心是為了你

日月星辰的光裡
輪迴生滅的四季
陰晴的日子
是尋找你的心意

你要記住那淅淅瀝瀝
情感濛濛的細雨

看開了　一笑而過

看開了　放下走過

生活已看破

只是風兒吹來

隨緣吹皺心的湖泊

坐在美麗的湖畔

看著晚霞夕陽落

只是淡淡地揮手

隨順的情愫淡薄

牆壁色老斑駁

庭院的花已多世凋落

經歷了多少歲月飄落

心不再浮揚

已隨順有情寬闊

命運的四季

在滄桑裡淹沒

心中還亮著溫暖的燈火

花開　花又落

每日的生活

名利已經淡泊

只是平平淡淡而過

好像自然在蹉跎

天天念佛陀

看著日出又日落

看著人在風雨中閃躲

紅塵迷幻的漩渦

看破一笑而過

不執也不染著

隨緣妙用　清淨解脫

安住是禪

塵煙非塵煙
清淨菩提現
開一朵聖潔的白蓮
隨順有情不戀
出污泥不染
十法界只是心現

點燃心燈一盞
照亮凡塵世間
慈悲甘霖紅塵灑遍
平平淡淡
香薰藍琉璃光天
隨緣安住是禪

紅塵裡的夢想

飄渺的紅塵

我用千年紅塵裡的夢想

想換來一個美好的天堂

人間的苦海汪洋

我只當是虛幻的網

雖然每次輪迴都被它傷

凡間的煙塵似雲裳

一直想迷濛我眼睛的窗

我被牽動的心房

一直祈禱佛的智慧光

讓心兒清涼清亮

清楚地記住我美好的願望

世間的滄桑

似在煙雲中不見你的模樣

花開花落時

不在你的身邊賞芳

在人海茫茫

只能為你上一柱祈福的清香

一念妄想

心　被愛滋養

紅潤了臉龐

心兒蕩漾

開始了綿綿的幻想

有了一雙翅膀

一邊翱翔

一邊不停地歌唱

感覺就是天堂

希望留住時光

從此一夢

心念不斷地妄想

流連了十方

輪迴在境相的心房

醇 香

那南飛的大雁
又去了遠方
為了心中的珍藏
又一次瘋狂
由著心飛翔　遠航

山水一程
體會著溫涼
直到天老地荒
回味著舊時的流光
留戀的心眺望
心釀了酒的醇香

鏡像攝影

溫馨的黃昏

有了一個真摯情吻

一念的情深

漣漪蕩漾了心輪

化成優美詩韻

將心圍屯

一念情深

溫馨的黃昏

有了一個真摯情吻

一念的情深

漣漪蕩漾了心輪

化成優美詩韻

將心圍屯

心堤一抹桃色

心花報了春

又是心思一輪

大雁飛來深情相問

春雨落紛紛

淋濕了塵世的靈魂

春暖花開香醇

朝露濕潤的清晨

因緣映在露珠

折射了心念情深

虛幻了心神

妄念依戀著濕潤

緣定三世情

緣定三世情

那是心念情娉婷

希望千里歌行

我是你唯一的身影

你是我的心境

映出漫天神秘的星

那眨著的眼睛

傳送著密語

那是一曲琴瑟和鳴

要用誠心聆聽

心間的美景

寂靜了會看到約定

那是心刻的情憑

是一曲水墨丹青

如夢的紅塵

情執的夢難醒

心隨迷幻的相境

不依真心的寂靜

一歲一枯榮

春風吹出春色淡濃
芬芳自然相送

桃花一片紅
看客在春季裡匆匆
只因芬芳長弄
心思隨著境朦朧

情色在心中湧
坐進了夢幻的蒸籠
從此有了春夏秋冬
心在境相裡滾動

戀著春色正紅

心火卻比花色更紅

只是燦爛的花色

自然的一歲一枯榮

不知誰在觀

月亮上弦又下弦

經歷了她多次輪轉

月下　我已老了容顏

一臉的疲倦

來到了寂靜的禪院

把喧鬧扔到院外

把煩惱消融在藍天

沒有了親眷

沒有了鴻雁飛南

也沒有了夢深夢淺

寂靜清涼心現

心安住一念

綿綿的一片

剪斷了情感的流連

沒有了故事序言

虛無了畫卷

不見了這邊那邊

兩岸的美麗河畔

也沒有了天堂人間

亦復如是

沒有了法界界線

不知誰在觀

心的影子

塵緣是心的影子

心動的漣漪

一念生起的風雨

只是因為有了我你

一顆淚滴

化現了思緒的影子

心在夢幻裡

又將心所寄

在幻境裡停棲

相聚又分離

卻是心中的投影

心喜歡偎依

只是一剎那的信息

記錄了生滅緣起

最後就是枯寂

又是再生起

心裡貯藏了

生滅輪迴的種子

卻是心念的影子

不捨的幻身

日月及星辰

那是身在虛幻的紅塵

美麗的花瓣紛紛

也會大雪紛紛

輪迴的年輪

如同因緣相續的花粉

從有了晨曦的早晨

到晚霞的黃昏

心在期盼　日復一日

在癡癡地等待緣份

不管是愛的別離

還是有鴛鴦枕

或者是相聚的怨恨

只是眼淚熱了又冷

妄心不捨的幻身

在夢裡相認

分不清十法界是心

色不異空是真

愛是前緣相續

愛情是兩者相吸

是在自己的心裡

是因為花開的春季

花香迷亂了心意

能否繼續下去

要看心裡炎熱的夏日

那相續的美麗

沒有勉強的信物

只有自然的自己

依然在心裡

還有那份美好的情意

才能走完四季

相續緣起的前世

延續愛的因果關係

來世花開豔麗

再續前緣的四季

雖然是妄心的自己

臆想的鏡像故事

一滴清澈慈悲的淚

那一滴清澈的淚
是心中最純真的慈悲
進入我的心扉
只能感恩真誠體會

我也淚流了幾回
更多地是煩惱相隨
希望能有安慰
希望有一個心兒相陪

世間的一切美
容易使人迷思沈醉
猶如情侶對對
亟盼著永遠相依相偎

心願和現實相背

夢幻如寒冰伴陪

隨時被火宅化成氣和水

讓心在八苦裡破碎

每一滴情執的淚

都會在塵世裡來回

為何不讓佛的清澈慈悲

永恆在心裡光輝

一滴清澈慈悲的淚

洗去染污的塵灰

來去的因緣聚會

清淨了　沒有妄心相對

故事在心裡

奢侈的東西
負荷了眼睛的視力
被誘惑的心裡
飛轉著不停的心緒
清淨下來絕非易事

自然的林子
被喧囂的心忽視
那綠色的樹
卻在站樁吐呐呼吸
不為所動　　不在意

天上下起了雨

沐浴了林子

沐浴不了喧鬧的心思

身體去了異地

煩惱在心裡　不在意

本來就是一氣

化現了陰陽天地

為何不安住

為何驛動隨境飄移

不反觀故事在心裡

妄念不休

青山景色依舊

往事　心中希冀不留

像山間的小溪

不回頭地往前流

天地悠悠

煩惱之事不休

執著的情義

放不下　也不能丟

只有看著日月

畫夜不停地輪流

時光不停地走

生命來去

聚散生滅難回首

卻將情感遞郵

期盼無常的世界裡

生出來個

彩色的天長地久

心裡朝霞升起

微風吹起
我們在花香裡
雖然是剛剛相識
卻像老友一樣熟悉

溫暖的晨曦
我們在幸福的光裡沐浴
徘徊在花園裡
鮮花開滿地

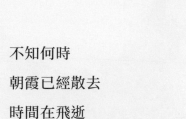

不知何時

朝霞已經散去

時間在飛逝

我們心裡的朝霞剛剛升起

從此以後

不會再有別離

我會好好地珍惜

把美好的愛永遠留在心裡

煩惱不休　觀看沙漏

雖然沒有相思的淚流

確有許多憂愁

無事躲在小樓

看著樓前的河流

看著河上划動的小舟

波紋在小舟之後

人生的長河滾滾不休

就像枯黃的深秋

河面上樹葉飄遊

身不由己隨波逐流

不堪回首

一雙無奈的雙眸

平添了許多愁

時間像流水

一去就不回頭

世間美好不能駐守

弦月如鉤

勾出煩惱不休

想解脫心憂

放鬆身心想禪修

看著桌上的沙漏

那朵花是我的祝福

在你的生命裡
我在靜靜的角落開著花
只為守護著你
只為看著你美麗

你浪跡天涯時
我陪著你四處撒花雨
你嗅到的四溢的香氣
那是我對你的愛意

很多浪漫的故事
都有我的參與
只是我在靜靜的角落
默默地守護愛著你

當你回首看時
是否看到角落的我
那朵花開得美麗
那朵花就是我的祝福

我是……

我是一顆塵埃

隨風飄遊

在孤獨的世界裡

還有一顆善良的心溫柔

我是一個宇宙

什麼都有

在繁華的世界裡

還有一顆修道的心清流

我是一條河流

帶走索求

在流淌的世界裡

還有一顆清淨的心駐守

心靜　清空

孫悟空眼裡竟妖精

豬八戒眼裡竟有情

都是心生的境像

都是妄心的名相

各自堅守著執著

生活在心生的妄想

著境必在夢境

心隨著相妄想

風起塵沙揚

遮天蔽日無晴朗

心靜　清空了

必現朗朗太陽

其實都是一個故鄉

都是一個心想

看淡　一縷輕煙

勞生一夢間
已經老了容顏
忙碌一生
白髮已經入眼簾

一生如夢幻
世事無常
光陰猶如浮雲飄過
花開花落之間

天上有閃電
生滅機緣
眾生故事如戲言
青澀花容是歡顏

你像海鷗

我像在徒囚

你心清涼修

我心在刻苦求

心無憂愁

也不用綢繆

像太陽風暴

身心是獅子吼

由著風兒去來

倚著小屋的窗台

看著窗戶外

觀日來　觀月來

看著春草盛

看著秋草枯衰

只是四季輪迴不改

一再而再

鬢髮已經斑白

滄桑歲月不待

枯黃的葉

把自己生命的綠色埋

只有那松柏

綠色不改

堅持著自己的臉色

築起高高的心臺

只是生滅的風

早晚會來

把它的臉面化塵埃

由著風兒去來

鏡像攝影

風吹走了她的影子
吹來了我的詩詞
也吹來了
淋濕衣服的雨

好像雲知道我的心意
既然如此
借來一片風雨
灑一地祈禱的心意

借來一片風雨

風吹走了她的影子
吹來了我的詩詞
也吹來了
淋濕衣服的雨

好像雲知道我的心意
既然如此
借來一片風雨
灑一地祈禱的心意

那淅瀝的雨絲
就是心願的文字
等待著約期

花雨會灑落一地

也會將我淋濕

帶來一首優美的情詩

莫名地發燒

青絲將心纏繞

眼裡盡是你的窈窕

你的飄逸的髮梢

讓心從此縹緲

有多少良宵

感覺月光美好

從此　美夢有了多少

老在思緒裡跑

月光給的擁抱

情感的手兒撫草

草的清香味道

讓心有些莫名地發燒

懷 春

眼瞳清清
朱唇一抹嫣紅
情深意濃
只是有人要懂

景象朦朧
情意只在心中
要想珍重
要懂與君相送

隨風飄散吧

心中又生了一朵花

沒有經歷冬夏

就已經落下

心中有了一份害怕

怕心中的落花

成了一把隨風的沙

心中的心事

已經走到了天涯

無歸處啊

只有走向寂靜的佛塔

心事隨風散吧

生命本來就是塵沙

只有風兒知

當心有了愛意
庭前的那枝梅枝
已經被人剪去
心隨著梅枝成了痴
喊著她的名字
只有風兒知

眼角已濕
心事的詩詞
寫在了那張薄紙
傷心的故事
是夢裡喝醉的詩
只因觀花的心念起

彩虹的煙幕

山中的瀑布

垂了彩虹的煙幕

恍惚了是何處

心不知在哪裡居住

景象裡無語

添了歡喜

消了煩惱的苦

雖然境相是暫時

皆是心動

心生覺受的有無

心生你我

我是你　你也是我

本具有自性佛陀

為何受著八苦因果

承受著火宅之火

被烈焰無情地吞沒

輪迴沒有停泊

忍受著無數的折磨

對著天述說

天卻是心變現的脈搏

變幻也要心把握

所有的許諾

都是妄心的魂魄

演化了萬里的山河

也演化了四季

還有春天桃花灼灼

以及秋天裡的果實碩碩

空中的樓閣

是輪迴的繩索

轉輪之王靜觀沈默

始終不見說破

眾生之心六道裡沉落

追求美麗的彩色

又被黑暗淹沒

無法離開得到解脫

日月時光如梭

佛陀把眾生的夢幻點破

要出離火宅

那就放下心中的執著

也不要分別

遠離虛幻的煙火

身心清淨清涼透徹

三界五行從此靜默

寂靜不見你我他的許諾

絢麗鏡花緣

相遇雖然短暫

卻念念不忘你的容顏

人生太倉促

時間轉眼就跑得好遠

潔白的雲和藍天

分分合合都簡單

不管什麼時候

牽掛　　宛如美麗詩篇

相遇是前世的因緣

想念是前世動了心念

今生因緣聚合

盛開了絢麗鏡花緣

心惹了桃花飄落

隨境的意識流成河

心惹了桃花飄落

隨著清澈河流漂泊

執念妄想太多

心念附著花片

花色依然激起水波

猶如吃了伊甸園的蘋果

心生茫然的困惑

隨心一抹走過

情詩瀟灑只是消磨

每天微笑著生活

看著日月星辰路過

其實　　那是

紅塵裡無奈地閃躲

心裡只想有個安靜的窩

平平淡淡地喜悅

煩惱得到解脫

無憂無慮地生活

心想之情境

遙遠的啓明星
帶來新的一天黎明
送走一夢境
又來夢幻之情

今天是否有雨風
還是朗朗天晴
感嘆人生一切都是命
心裡卻現佛經
告訴我都是心境
心生業力情景

鏡像是心的相境

是心念的圖形

是心念生的

無垠宇宙的璀璨相境

心又想像的情形

我是高空飛行的鷹

心是萬花筒

萬花筒裡面

鏡像的形象展現

因為轉動

產生了時空之幻

我的心裡面

也是鏡像的表現

心動的萬花筒

虛幻了你我的臉

虛幻了天際線

也虛幻了你我的心念

還有怨恨的不滿

愛的眷顧之戀

清淨染污的心

有了十法界的臉

心動之念

生了清淨污濁之染

左邊　　右邊

一動就是千萬年

色空一體

被相續的形識填滿

因果連著香

（一）

桃花紅了

樹下相映臉更紅

卻不識舊人

世間多少遺憾

讓情意無奈消融

（二）

桃子熟了

樹下吃桃乘涼

桃子飄著果香

因緣的故事

自然因果連著香

紅 顏

殘陽如血般的紅顏

晚霞亦如是

紅透了半邊天

紅透了空氣

映紅了河水河畔

也抹了一層紅潤

在你俊俏的臉

那紅紅的光線

更加美麗了你的容顏

情思織成

圓月常到夢裡

我借著月光回故里

不知有多少唏噓

隨著夜風散成漣漪

我的心雨下起

夜涼　披一件風衣

寒冷的情懷思緒

灑滿了一地晶瑩的淚滴

卻聽不到傷心的曲子

你在哪裡哭泣

思緒讓心飛起

妄想的心　身不由己

那麼長的人生路

是寫不完的抒情詩

浪漫的心譜曲

手指撥動琴弦　情起

情思繞在心裡

情動了清秀的眉宇

想擁抱寄情的你

琴弦下的綿綿細雨

淋濕了你的花衣

滋潤到你的心裡

彩蝶翩翩起舞

離去　還是回家裡

思 戀

伊人何在
慰我相思戀
在垂柳依依的河岸
希望與你相見

孤獨地站在樹下
望著小船離岸
扯起一片風帆
兜住一帆風的情願

怡人的霞光開始黯淡
小船帆影還不見
徒留餘暉灑滿了河面
只有泛光可見

晚霞的光消散

夜空的星光璀璨

河水泛起燈和星的光

心兒迷離　　星光依然

鏡像攝影

希望心有依託

畫一顆彩虹的心對談

溫柔地繞著山

繼續著情牽

眼睛纏繞著流連

風輕柔　楊絮飄遊

讓心惆悵的風輕柔

如此地輕柔

為何卻讓人難受

在彎曲的小路上

心思茫然地走

漫天的楊絮輕輕地

隨風到處飄遊

煩亂更添心頭

恍惚走到一個叉路口

莫名地停留

望著兩條路不走

回頭看看身後

灑了一路朦朧的煩憂

漏了一地的思緒念頭

卻看不見傷口

無形的痛在心頭

心踟躕地遊走在

煩惱的惆悵裡　無休

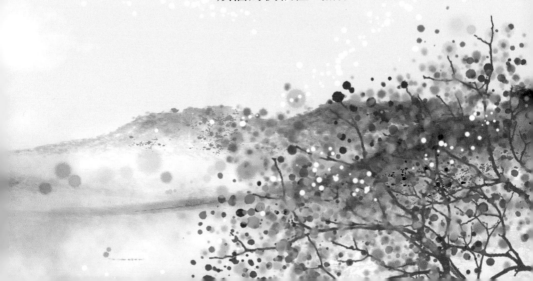

繼續情牽

心中的遺憾

隨著風轉

轉的心緒紊亂

飄起一抹小小心酸

心卻滾落下山

浸在山澗

心思隨著水淌

只是遺憾的心念

糾纏不散

一路嗚咽著喊

想找人聊天

希望心有依託

畫一顆彩虹的心對談

溫柔地繞著山

繼續著情牽

眼睛纏繞著流連

故鄉的詩行

一傘寒雨啪啪地作響

沾溼著　寫著詩行

雨中回首望

雲雨飄灑蒼蒼茫茫

擁著故鄉的村莊

雨中青青的草香

在濕氣裡瀰漫了心房

命運讓我流浪

寄情的碼頭卻在故鄉

那遠離的情傷

故鄉是慰藉的薰香

時常繚繞在心頭

伴隨著在任何的地方

不用使勁地思想

眼前就是溫柔的時光

那是故鄉的村莊

馨香的花

彎彎的月牙
趴在樹的枝椏
醉人的馨香
不知散發的是什麼花

燈火通明的人家
安靜了白天的喧嘩
有了私密的問答
浪漫的情侶
還點燃了晃動的燭花

白日裡話有真假
夜裡是否無瑕
如夢幻的春秋冬夏

是否記得人話

或許只有作啞

為了不讓廳堂坍塌

只是記住了美麗

瀰漫馨香的花

情淺情深

看開了　一轉身

放下了愛與恨

命中的離分

不要過分的認真

那是夢幻的紅塵

如細雨紛紛

世間的緣份

情淺情深

那是夢在青春

到了枯木時

寒冷的大雪會紛紛

命運的種子

生有緣份深淺的根

還有那靈魂

記錄著情海有多深

風雨猜不透

一處清澈的溪流
沒有閒愁
落花與飛柳
也不曾亂心頭
心不住綠肥紅瘦
也不在意風雨驟
只是隨緣走

時空沒有等候
不招惹美酒
初心如舊
只有風雨猜不透

心在哪裡

夢中紅塵來去

因緣的生命裡

受牽扯的心意

是靜靜微笑的你

只是　我的心卻不知

你產生在心裡

不捨的東西

是情執的習氣

那是自己的領地

以及自己的事物

選擇留下和捨棄

那是心兒的分別選擇

造成的歡喜偏執

一念之差矣

現天堂或地獄

或是人間虛幻的天地

妄心造的儀器

觀看心投射的宇宙

那就是心念的形識

形成的鏡像圖示

時空是心動的夢幻

妄想在心裡

美麗在愛裡

醜陋在厭惡裡

都是在心裡

分別執著的心

產生鏡像的形識

卻不知心究竟在哪裡

煩惱的藤蔓

煩惱像藤蔓

你執　它就繞纏

看開了　它就淡

放下了　解脫不再纏

從此　安詳平淡

春暖還乍寒

花骨朵的青澀愛戀

那是冬天的弔唁

浪漫詩歌的開篇

未來的期盼

心動　有必然

情感是紅塵的俗緣

任何事物和人的勾連

那是妄心扯的線
皆是隨境的妄念

心無所住是隨緣
一年又一年
不執是心不留痕跡
緣起緣滅只是幻
緣起性空是心現

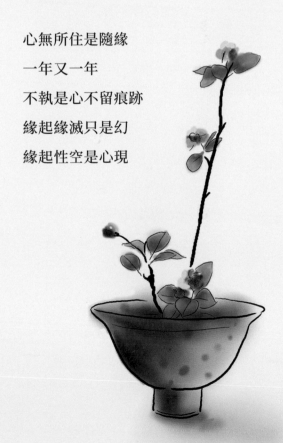

夢幻　一幕又一幕

每天夢幻裡入戲

寄情於天地

寄情於他和你

更多的是在美麗的朝夕

賦情地嘆息

如此　卻又沒有知音

養一小狗穿花衣

在彩色裡　著色迷

在如銀的月光裡

又迷幻地寫詩

那枝驛動的心筆

把生老病死

把財色名利

把心念情感的圖形傳記

不斷地書寫畫圖

直到攜著乘鶴飛離

謝幕　又拉開

新的彩色一幕是來世

白毫老人

抖落一身風霜

臉上的溝壑滄桑

寫著如如不動的安詳

炯炯有神的眼睛

那是智者的心窗

夕陽裡的身影

在河畔自在地徜徉

心裡　　卻是大日如來

永恆溫暖的朝陽

修佛法　　明白了心相

明白了萬法之相

皆空　　皆不可得

一切有為法皆是虛妄

心隨順　　卻不著境相

眼裡都是吉祥

都是菩薩的形象

明白了慈悲隨緣

心寂靜　清澄　清涼

告別的詩

突然的別離

體會無常的人世

寫一首詩

不知是執著的情痴

還是告別的詞

剪一枝桃樹枝

送與你相知

因為心裡的話太多

那一疊厚厚的紙

述不完我的心意

目光有些凝滯

體會佛說八苦的別離

眼角早已被情濕

難以說盡的事
風雨之中
只有孑然的自己

風雨聲呼叫的
是我的還是你的名字
大腦空白　　記不得
你離開時說的話語
茫茫然地開始了
你我分離的故事

花香　夢的影像

（一）

花殘已留香
如同解羅裳
無怨無悔風流過
曾經瀟灑倜儻

豔麗已留像
住進雲心上
風吹雨打都經過
那是美麗夢鄉

（二）

燦爛熱情對著芬芳

愛慕的眼神飛翔

花瓣被風帶走它方

像雲煙飄散了一樣

種子生出來的景象

惹花了眼窗

擾動了心房

徒留一齣夢想在花鄉

我願意……

相知就會相思
相思就有最美的情義
我願意飛到天際
只為來世的你

相見就會相戀
相戀就是最美的香蓮
我願意入住污泥
只為並蒂聖顏

相許就會相續
相續就有最美的花季
我願意輪迴生死
只為天上豔麗

相惜就會相憶

相憶就有最美的話語

我願意佛前修持

只為解脫願意

相伴就會相欠

相欠就會在來世償還

我願意佛前許願

只為你在琉璃藍天

註：拜讀倉央嘉措的「十戒詩」，有
感而發。

為你……

無言面面相覷
只是聽小雨淅瀝
如同我你
內心流的淚雨

我伸手拂去
你眉上的水珠
心生無限的憐惜
知道命運會拉著你游離

命運的車輪輾壓不已
我默默地沉吟不語
會用鮮血畫出
一道生命的軌跡

為了生生世世的你

我願意為你

每一世都撒花雨

直到美麗的天堂有你

淡淡的微笑

淡淡的微笑
化解了煩心爭吵
不用喊叫
就建立了驕傲

吵吵鬧鬧
執著就會煩惱
猶如鑽進彎彎的牛角
快樂到哪裡尋找

一心想要
友好能到天荒地老
哪怕是為此
願意走到天涯海角
也只是妄念心跳

心不要亂跑
更不要胡說八道
那一抹淡淡的微笑
是慈悲的心橋
只有清淨了才好

一念嬋娟

燕子飛南
春來再還
只是一彎鄉戀

別處闌珊
一念的嬋娟
塵煙迴旋或消散

景色璀璨
一路有些蜿蜒
留些紀念
兩眼記錄了懷戀

留在心河之岸
一次循環
一次感嘆

等候

你美麗的雙眸
送來一抹微笑
心已經接收
是那樣的美好
又是那樣的溫柔
從此在心裡住留
再也不走
可是　我在哪裡
將你深情地等候

鏡像攝影

煙雨濛濛

河面有劃艇

轉眼之間已過

殘留波影

細雨濕了眉影

腮紅依然桃紅

濕了髮稍

濕了眼睛

情 書

竟然會不期而遇
一份溫柔舒服
悄悄地走進心裡
從此　就有了幸福

情書寫在眼裡
只想著開始
沒有去想結局
所以就把彩色的虹
寫進了夢一樣的情書

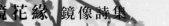

家

因緣四處走天涯

好像草原縱馬

看著夕陽晚霞

也看著花隨風落下

只是一幅畫

四海皆是我的家

為了一枝花

喝了多壺的清茶

只是一句話

看見了披著的紅紗

從此　有了一個

心裡安住的家

情起情滅

聚散無常不懂

雲雲淡風輕

卻散了花香　花形

卻散了枯葉飄零

四季的幻境

風的愛恨之情

把你催生

把你吹得發蒙

你綠了葉　開了花

飄香　飄散了情

還是熟悉的雨風

吹逝了有緣的幻夢

情起情滅的情境

皆是心中的情執雨風

煙雨濛濛留影

煙雨濛濛

河面有劃艇

轉眼之間已過

殘留波影

細雨濕了眉影

腮紅依然桃紅

濕了髮稍

濕了眼睛

撐著雨傘留影

柳樹沒有柳鶯

朦朧河畔

美麗花影

煙波浩渺

濛濛風雨作詩

畫一靜靜樓亭

靜思　微閉美麗眼睛

小溪流　畫布

生命的體悟

隨心表露

只是那份禪覺之意

隨緣浪漫煙雨

像山間的流溪

自有流淌的彎曲

自有清徹的本質

有浪漫的心意

獨自表白的歌曲

自然的歡喜

婉轉的歌曲

悠揚在天空的耳朵裡

一切自然順勢

沒有造作的惡習

流淌著天然的氣息

醉了心房的靈思

醉醺的眼睛裡

是整個天空的畫布

緣 心 雲 煙

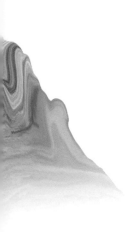

緣

聚則有形焉

散如風

隨緣聚　隨緣散

你想要的緣

可能離你遠

好像只是一廂情願

不要的緣

可能在糾纏

無奈煩惱心煩

所以　故鄉即是心安

心安處　安住隨緣

如同塵埃隨風一般

無所住

隨緣若等閒

生命是雲煙

濛濛不清是羈絆

難以覺悟明看

東方朝陽照遍

煙消雲散

心住佛光極樂觀

一切隨緣

豁達　　坦然　　超然

人生長短

自有定數　　由心而感

如江水一去不返

一片雲彩

飄過了眼簾

由心而現

竟是紅樓夢幻

流沙河的故事

流沙河的流沙
只是光陰的一剎那
曾吞噬了取經人
那是菩薩的結緣之花

慈悲畫了一幅畫
妖精的心啊
最後成了悟淨
只是一念之差

原來眾生心裡
都有佛性妙有的硃砂
期盼著離苦
等待著被點化

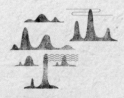

菩薩被吃那是緣呀

奉獻　是為了度他

皆因慈悲的牽掛

內心是清淨的蓮花

菩提的種子發了芽

行願到海角天涯

了一段緣份的塵沙

覺悟即是當下

安詳的思量

燭火輕輕地搖晃

影子映上了牆

朦朦朧朧的恍惚

眼裡雲水一方

天氣有些微涼

那敞開的窗

進了一抹銀色月光

情色可真幽長

不需要花香

也不需要湖裡蕩槳

有燭火陪伴

只是心隨著清淨月光

溫柔的時光

存安詳的思量

那是心中情真的詩行

好時常回首望

情執的我

一句承諾
換來的是寂寞
一晃就是多年
青春的時日沒了很多

諸事無常的生活
卻都是因果
沾染了花的情粉
心就會隨著花飄落

命厚命薄
情執會讓你撲火
荏苒了歲月
煩惱的是執著的我

不要再蹉跎

不要將解脫之法錯過

那是覺者所說

要用真誠的心觸摸

風拂過的語言

風拂過的語言

淡了的明月在窗前

月色有點寒

那相識的溫暖

已經化成了清淡的緣

猶如江邊的寺庵

只是對應江上的白帆

白天　江水沒有天藍

夜晚　浮光掠影

是虛幻的燈火闌珊

彈指一笑之間

風也送走了昔年

江面染了寒氣

還是寒氣染了江面

經歷了多少霜寒

看了多少山花爛漫

那瀰漫的雲煙

隨境煙雨不散的心念

是漫天的雨滴

讓情感奔騰著飛濺

心波晃動的船竿

掛著明燈一盞

行者　堅守心中的美

我已經喝醉
心　四處遊蕩不歸
我問自己　我是誰
我的徬徨誰能體會
就像在黑夜裡
周圍是那樣的黑

雖然心裡早已有了
殊勝的夜明珠和美
為什麼心還不回
斟滿酒一杯
讓自己的心得以安慰

告訴自己不要怕黑
不要膽怯後退

一切都無所謂
跟著夜明珠的光芒
直到伊甸園回歸
沐浴著慈悲吉祥的光輝
那時再喝酒一杯
一切都是無限的美

清茶虛幻了門扇

輕輕合上雙眼
聽主持人侃侃而談
浮華塵世怎般
只是境相在眉眼間
而不在心間

清茶色青淡淡
品嚐飲下了半盞
淡化了輕嘆
虛化了煩惱的門扇
如此怎樣怎般
似有智者在輕喚

須臾剎那間

從少年到老年

浮塵年華只是過眼

一次輪轉終篇

雖然都是虛幻

從江北到江南

那景色之變

卻花了色瞇的雙眼

不知道是入了凡

還是入了仙間

時間看真心

歲月悠悠

風雨洗盡鉛華

頭髮已經白花

臉上也滄桑刻上了

皺紋的印花

活到了此時

好像也看淡了牽掛

時間的長河

讓人產生變化

生活的擠壓

已經如風颱過

帶去遙遠的天涯

心裡好像沒有了羈押

煩惱在心中的刻刮

如同建立了高塔

沒有變得粗魯

卻生出一份淡雅

像是出污泥的蓮花

傍晚夕陽的世界

也有美麗的晚霞

堅定成熟的情意

會獻上真心的哈達

畫一幅永恆的鮮花

乘著一葉扁舟

隨著水流
乘著一葉扁舟
放任思緒漂流

青山綠水不守
喝一壺酒解愁
把煩事身後丟

河邊有垂柳
歌聲已休
不見花色衣袖

繼續隨流漂遊
希望到深秋
看楓葉紅透

沒有回首

任性隨心遺憾不留

執夢到白頭

乘著一葉扁舟

水聲輕柔

心中蓮花依舊

諾 言

一句真誠的諾言

情義一世紅了雙眼

世間故事萬千

也只是分離和相見

那心中的青山

轉眼就是冬季素顏

緣聚緣散

無言對錯和背叛

緣份盡了

猶如一縷青煙飄散

天意如此

命運殊途難圓

執著痛苦地求全

只是夢中期盼

流連在臆想的妄念

睡在三月的楊柳河畔

幻影翩然

好似有真誠的眼

寂靜的孤獨

寂靜的孤獨

沒有哭

也沒有跳舞

更沒有燈火闌珊處

沒有愛的酒

也沒有愛的蠱

不願意寒窗苦讀

沒有洞房花燭

飄飄然如故

偶爾將塵世回顧

卻是隨緣的雨

心念是雨露

回首處

覺悟非覺悟

只是心　化成了虛無

你在哪處

我又在哪處

詩集後記：

《心生彩虹般的橋樑》

我想你的時候
你在遙遠的地方
你想我的時候
我無奈地望著遠方

兩個人的心
因為相通
在遙遠的兩地
架起了相連相應的橋樑
心心相印
心裡住著對方模樣

如彩虹般的橋樑
因心想升起

不分彼此地相容
相應的心有了
祥雲托浮的幸福翱翔

你在我的心上
我在你的心上
只是分別的鏡像
相會的時候
心念一想
就在心中的境相
行得是
心生的彩虹般的橋樑

我的詩，希望看到的人，會產生思維的激發，會產
生一些靈感的東西。還會通過它，認識到我禪修
後，對一些人生和自然的看法。以及瞭解，彩色的
生活，雖然彩色絢爛迷人，大家都喜歡，可是絢爛
過後的苦幻，也會刻骨。人必定要認識到：人生，因
緣而生，如夢如幻，從虛無來，再歸虛無處。境相，
並不實有，終究會是空。諸法緣起性空。

《彩虹般的痕跡》

留下什麼不太重要
　它只是你人生的痕跡
只是不要虛假
　不要無趣
　　不要昏昏然地茫然遊歷

把美好畫進這痕跡
把一片
　　慈悲的祥雲畫進這痕跡
見到這痕跡的人
　　人生添一片錦繡
　　　　添一道彩虹的美麗

我的光彩就是你的光彩
　　就是你的光彩奪目
　　　　希望璀璨般的神奇
或者　讓你踏著這痕跡
　　開心快樂的走
　　　　走出你的彩虹般的路
或者　讓你踏著
　　我身軀化成的彩虹
　　　　畫上更美好的絢麗痕跡

　　我的心
　　　願托起彩色的虹
　　　　彩色的祥雲與晨曦
　　　把你托起到美好的天堂
　　　　這是我最憧憬的心意

　　我只是一道痕跡
　　　一道為你生的彩虹雲氣
　　那是我心中的菩薩
　　　化現的聖境大慈
　　那是我心中的佛陀
　　　化現的極樂的法船普渡

　　那是一道痕跡
　　那是一道我生命的痕跡
　　那是我的心願
　　　幻化的彩虹般的痕跡
　　那是我的心願
　　　幻化的美好希望的晨曦

前言的痕跡，到後記的彩虹般的痕跡，
正好畫一個圓，書寫一個圓滿。有因就
有果，希望這本詩集給您帶來一些不
一樣的風光，帶來一些生活中茶餘飯後
的話題，增加一點您生活中的佐料和彩
色，也帶來安詳的禪意，帶來覺悟智慧。
希望您快樂吉祥！

鏡像系列詩集

《郵寄》

《靈魂》

《一池紋》

《心不在原處》

鏡 像 系 列 詩 集

《眼 角》

《心 念》

《心 雨》

《桃 花 夢》

鏡像系列詩集

《心情的小雨》

《宿緣的一眼》

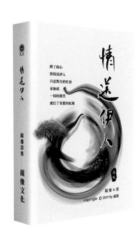

《情送伊人》

《河岸》

鏡像系列詩集

《心田之相》

《原點》

《困惑》

《四季飛鴻》

鏡像系列詩集

鏡花緣 鏡像詩集

作者	鏡像
發行人	鏡像
總編輯	妙音
美術編輯	彩色 江海
校對	孫慧覺
網址	www.jingxiangshijie.com
YouTube頻道	鏡像世界
臉書	www.facebook.com/jingxiangworld
郵箱	contact@jingxiangshijie.com
代理經銷	白象文化事業有限公司
	401台中市東區和平街228巷44號
	電話:(04)2220-8589
印刷	群鋒企業有限公司
出版日期	2020年1月　　　初版
ISBN	978-1-951338-10-7　　平裝

定價　　　NT$520

網站

YouTube

臉書